BELLE ET IMPORTANTE

DÉCORATION

PAR

F. BOUCHER et H. FRAGONARD

DUMOULIN
ET Cⁱᵉ
RUE
DES GRANDS
AUGUSTINS 5
IMPRIMEURS

DÉCORATION

PAR

F. BOUCHER ᴇᴛ H. FRAGONARD

CONDITIONS DE LA VENTE

Elle sera faite au comptant.

Les adjudicataires payeront *cinq pour cent* en sus des enchères.

Imp. D. Dumoulin et Cie, à Paris.

DESCRIPTION

D'UNE BELLE ET IMPORTANTE

DÉCORATION

COMPOSÉE DE 15 PANNEAUX DE DIVERSES GRANDEURS

PAR

F. BOUCHER et H. FRAGONARD

FORMANT ANCIENNEMENT

LE SALON DE GILLES DEMARTEAU

DONT LA VENTE AURA LIEU

HOTEL DROUOT, SALLE N° 1

Le Vendredi 21 Mars 1890, à 4 heures précises

~~~~~~~~~~

COMMISSAIRE-PRISEUR	EXPERT
M° F. SARRUS	**M. EUG. FÉRAL**, Peintre
74, rue Saint-Lazare.	Faubourg-Montmartre, 54.

Chez lesquels se trouve le présent Catalogue.

EXPOSITIONS

PARTICULIÈRE	PUBLIQUE
Le Jeudi 20 Mars 1890	*Le Vendredi, jour de la vente*
De 1 heure à 5 heures et demie.	De 1 heure à 4 heures.

D 5.

 A vente qui fait l'objet de cette notice aura, nous n'en doutons pas, un légitime retentissement dans le monde amateur.

Cette vente ne comprend que quelques numéros qui forment la *Décoration d'un Salon* du dix-huitième siècle, *Œuvres charmantes* de *F. Boucher* et de *H. Fragonard* et du meilleur temps de ces maîtres.

Malgré leur valeur, elles étaient hier encore absolument ignorées. Depuis plus d'un siècle, elles formaient la tenture d'une chambre située au troisième étage d'une vieille maison de la rue de Cluny, anciennement cloître Saint-Benoist. Les propriétaires de l'immeuble, jaloux de leur trésor, n'en permettaient que très rarement l'accès. Seuls, quelques privilégiés, dont le culte pour la peinture française du dix-huitième siècle est bien connu, purent en forcer l'entrée.

Parmi eux, nous pouvons citer deux écrivains de grand talent, MM. de Goncourt, qui en ont fait une description dans leur intéressant ouvrage sur F. Boucher.

Lorsque le volume parut, la curiosité du public fut vivement excitée, mais elle vint se briser contre l'iné-

branlable volonté du maître de céans, et le silence se fit
de nouveau sur ces peintures.

Nous croyons utile de reproduire ici la page de
MM. de Goncourt :

« Il existait, près de la Sorbonne, dans une vieille
maison, la maison habitée par Demarteau, — graveur
des œuvres de Boucher — un curieux témoignage de la
satisfaction du peintre si bien interprété par lui. Charmant
remerciement du maître à son graveur, que ce salon peint
par F. Boucher, dont les quatre murs vous montraient
l'intérieur élégant d'un artiste du siècle passé. Ce salon
semblait une tonnelle et une volière. Un treillis en échi-
quier, pareil à la marqueterie dessinée sur les côtés des
meubles en bois de rose, courait sous les plinthes, enca-
drait la glace, montait autour des deux fenêtres et ne
laissait à jour que quatre grands panneaux, quatre petites
portes et le dessus des portes. Entre ces treillis, la cam-
pagne s'ouvrait. Ici, l'on voyait un bord de rivière
encombré de flamants roses et de paons faisant la roue.
Au-delà d'un arbre déraciné et tombé à l'eau, des cygnes
se battaient.

« Là, c'étaient les ébats d'un chien de chasse et le
sautillement d'une pie à travers des roses trémières mon-
tant au ciel, et de l'eau encore au loin sillonnée de canards
de toutes couleurs.

— « D'un autre côté reparaissaient une rive et de
fraîches verdures égayées d'oiseaux diaprés, roses, bleus,
verts.

« Sur le dernier panneau, une architecture en treillage,

mangée par les roses montantes, prenait pied dans un désordre d'outils rustiques et dans une bataille de coqs et de poules.

« Des colombes se becquetaient au-dessus des quatre portes sur lesquelles des amours, en camaïeu grassement peints, écrasaient des fruits contre leurs lèvres ou faisaient jaillir l'eau d'une fontaine entre leurs doigts à demi fermés. » (*L'Art du dix-huitième siècle*, par Edmond et Jules de Goncourt, 1re série, page 220.)

Nous avions été trop heureux du renseignement donné par cette description, et l'envie nous prit de poursuivre nos recherches.

Nous trouvâmes à la Bibliothèque nationale, dans la collection d'Estampes de Demarteau, deux des motifs qui dépendent de notre Décoration : L'Amour aux raisins et les Amours à la vasque.

Sur toutes ses Estampes, Demarteau met son adresse qu'il est bon de noter.

Il avait son domicile et son imprimerie rue de la Pelterie, à la Cloche. C'est là qu'il est mort, le 31 juillet 1776.

Cette adresse nous a rendus un moment perplexes : la maison de la rue de Cluny n'était donc pas celle du graveur ? Le Salon ne serait donc pas celui du célèbre Demarteau ?

L'Inventaire, dressé par Me Boutet, notaire, le 6 septembre 1776, après le décès de Demarteau, mit fin à nos préoccupations.

Disons tout de suite que les tableaux de Boucher qui

nous intéressent y sont décrits en termes très explicites.

Voici du reste le texte même :

« La tenture de ladite pièce, et les portes de communication, de toile peinte représentant des arbres et des oiseaux, des lapins et autres animaux ; le lambris du pourtour du dit appartement, orné de treillage peint en vert... »

Plus loin, sont décrites dans la même pièce une glace en deux morceaux sur la cheminée et une autre, aussi en deux morceaux, entre les deux fenêtres. Nous avons retrouvé tout cela rue de Cluny.

Quant au transfert au cloître Saint-Benoît, dans la maison de la rue de Cluny, il s'explique par ce fait que Gilles-Antoine Demarteau, neveu et légataire universel du célèbre graveur, graveur lui-même, transporta son domicile et son commerce dans la maison du cloître Saint-Benoît qu'il avait achetée, le 16 septembre 1777, et y installa en même temps le fameux Salon, sans oublier les glaces et les lambris ornés de treillages.

Après le décès de Gilles-Antoine Demarteau, survenu le 16 vendémiaire an XI, l'Inventaire que dressa M⁰ Chiboust, le 11 brumaire suivant, constata de nouveau l'existence, dans la pièce où nous les avons vus récemment, des tableaux dont il s'agit avec les glaces et les boiseries dont ils sont toujours accompagnés.

Il n'y a donc plus de doute : c'est bien le Salon de Demarteau que nous livrons au feu des enchères, celui que F. Boucher et H. Fragonard peignirent rue de la Pelterie, et que Demarteau, le neveu, réinstalla religieusement, sans y rien changer, dans sa maison du Cloître Saint-Benoit, aujourd'hui rue de Cluny.

Nous formulons le vœu que ces tableaux, dont l'ensemble est si harmonieux et si complet, ne soient pas dispersés par les adjudications et qu'il nous soit encore permis de les revoir tous réunis dans l'intérieur artistique et élégant d'un de nos riches amateurs.

DÉSIGNATION

DÉCORATION

COMPOSÉE DE QUINZE PANNEAUX

DE DIFFÉRENTES GRANDEURS

1 — *Quatre panneaux formant les portes du Salon et représentant :*

> Le premier, une *Fontaine formée de deux amours,* posés sur des rochers, et soutenant une vasque, ayant la forme d'un coquillage, d'ou s'échappent plusieurs jets d'eau.
>
> Le fond représente un treillage de jardin contre lequel grimpent des rosiers en fleurs.

> Toile. Haut., 1 m. 47 cent.; larg., 72 cent.

2 — *Le deuxième* figure également *une Fontaine formée par deux Amours*, posés sur un rocher et soutenant aussi une vasque, en forme de coquillage, que l'un d'eux porte sur sa tête.

Le fond est un treillage de jardin autour duquel s'enroulent des plantes grimpantes : rosiers, capucines, etc.

Toile. Haut., 1 m. 50 cent.; larg., 77 cent.

3 — *Le troisième*, c'est *un Amour debout sur un
socle*, que l'on prendrait pour un jeune Bacchus,
s'il n'avait son carquois en bandoulière ; il
montre d'un air joyeux des grappes de raisin et
en porte une à sa bouche.

Il est dans une tonnelle formée de treillage
et recouverte de rosiers et autres plantes.

Toile. Haut., 1 m. 35 cent.; larg., 77 cent.

4 — *Le quatrième*, qui est peint par H. Fragonard, représente l'*Amour triomphant*, debout
sur un socle ; il tient une flèche et montre
une couronne.

Il est dans une tonnelle, garnie de plantes grimpantes, et entouré d'un buisson de rosiers.

Toile. Haut , 1 m. 37 cent , larg., 72 cent.

Ces quatre toiles sont posées sur des plinthes fi-
gurant un treillage vert sur fond jaune et entourées
de cadres dans le même style.

5 — Dessus de portes.

Ces quatre portes étaient surmontées de quatre dessus de portes représentant la vie d'un
couple de pigeons :

L'Union,

La Couvée,

Le Sacrifice près de l'Autel de l'Amour,

L'Éclosion des Œufs.

Tous ces sujets sont entourés d'attributs cham-
pêtres et symboliques, tels que : panier de fleurs,
hautbois, chapeau de bergère, carquois, torche en-
flammée, etc.

Les deux plus grands, qui sont de Fragonard,
mesurent :

Haut., 85 cent.; larg., 92 et 95 cent.

Les deux autres :

Haut., 75 cent.; larg., 75 et 85 cent.

6 — Grands Panneaux.

Ils représentent :

Le premier, *un Paysage.*

Au premier plan, des ustensiles de jardinage, deux lapins, une pie perchée sur une bêche et un chien en arrêt.

A droite, une caisse avec un rosier et des roses trémières.

Dans le fond, une rivière contournant des rochers où des canards prennent leurs ébats.

Toile. Haut., 2 m. 20 cent.; larg., 1 m. 50 cent.

7 Le deuxième, *un Puits* près duquel se trouvent
un coq et des poules avec leurs poussins.

A droite, des outils de jardinage jetés contre un
massif de roses trémières. A gauche, un chat et une
hotte en osier.

Au second plan, une porte de jardin formée par
un treillage couvert de plantes grimpantes.

Toile. Haut.. 2 m. 20 cent.: larg.. 2 m.

8 — Le troisième représente les *Bords d'un lac*;
deux cygnes y prennent leurs ébats.

Sur le devant, un arbre renversé, autour, s'enroulent des volubilis aux fleurs bleues.

A gauche, un paon et autres oiseaux aux plu-
mages brillants.

De chaque côté, des massifs de verdure.

Toile. Haut., 1 m. 20 cent.; larg., 2 m. 55 cent.

9 — Le quatrième représente *les Bords d'une ri-*
vière avec de nombreux oiseaux aquatiques :
des canards aux vives couleurs, des ibis, etc.

Sur le devant, un nid d'oiseaux caché dans les
joncs et les rosiers.

A gauche, au pied de grands arbres, deux aras
au plumage rouge et bleu, etc.

Toile. Haut., 1 m. 25 cent.; larg., 2 m. 80 cent.

10 — Les cinquième et sixième : *Deux panneaux*
de même grandeur, représentant des coins de
jardin.

Dans l'un, deux colombes roucoulent sur une
caisse d'oranger, auprès d'un rateau.

Dans l'autre, des fruits, un chien au repos, un
mouton, etc.

Toiles. Haut., 1 m. 20 cent.; larg., 70 cent.

11 — Le septième est *un Massif de verdure*.

Haut., 1 m. 40 cent.; larg., 38 cent.

Imprimé en France
FROC021312010720
24394FR00014B/377

9 782329 417844